O chupa-erros
de ortografia

O original desta obra foi publicado com o título
Le buveur de fautes d'orthographe.
© 2011 Martins Editora Livraria Ltda., São Paulo, para a presente edição.
© 2009 Éditions Nathan, Paris, França.

Publisher *Evandro Mendonça Martins Fontes*
Coordenação editor*ial* *Anna Dantes*
Produção editorial *Alyne Azuma*
Preparação *Mariana Echalar*
Revisão *Denise Roberti Camargo*
André Albert
Dinarte Zorzanelli da Silva

Dados Internacionais de Catalogação na Publicação (CIP)
(Câmara Brasileira do Livro, SP, Brasil)

Sanvoisin, Éric
  O chupa-erros de ortografia / Éric Sanvoisin; ilustrações de Olivier Latyk; [tradução Maria Alice Araripe de Sampaio]. -- São Paulo : Martins Martins Fontes, 2011.

  Título original: Le buveur de fautes d'orthographe.
  ISBN 978-85-8063-020-6

  1. Contos - Literatura infantojuvenil I. Latyk, Olivier. II. Título.

11-03936   CDD-028.5

Índices para catálogo sistemático:
  1. Contos : Literatura infantil   028.5
  2. Contos : Literatura infantojuvenil   028.5

Todos os direitos desta edição para o Brasil reservados à
Martins Editora Livraria Ltda.
Av. Dr. Arnaldo, 2076
01255-000 São Paulo SP Brasil
Tel.: (11) 3116.0000
info@martinsmartinsfontes.com.br
www.martinsmartinsfontes.com.br

Éric Sanvoisin

O chupa-erros de ortografia

Ilustrações de Olivier Latyk

martins
Martins Fontes

um

Que belo erru!

ERROS DE IMPRESS

Eu ESTAVA CHUPANDO um livro quando de repente...

– Oh, mas que belo erro! – exclamei com um estalo de língua guloso.

Era mesmo um erro magnífico. "Os moleques travesso davam cambalhotas no campo." Faltava o *s* do plural em "travesso".

Preciso contar um segredo. Sou um chupa-tinta, desde o famoso dia em que Draculivro, um ex-vampiro que ficou alérgico a sangue, me mordeu. Chupo o texto dos livros com um canudinho. Uma delícia! Eu vivo as histórias que chupo. Mas do que eu mais gosto mesmo são os erros de ortografia! Eles são tão picantes quanto pimenta em cuscuz ou mostarda em rosbife.

– Mais um! Este livro é genial!

Dessa vez, era um verbo conjugado errado.

"Os moleques joga os aventais para o alto..." Faltava o *m* em "joga". Não existe nada mais suculento do que um erro desses. O sabor é parecido com o de uma gota de *ketchup* que se pinga com amor numa batatinha bem crocante.

– Fica quieto! – ordenou Carmilla, minha namorada. – Você sabe muito bem que o tio Draculivro detesta erros de ortografia, principalmente num livro. Ele fica nervoso, irritado, ou seja, insuportável!

Para acalmá-la, tentei abafar o caso.

— Não exagera. Não é um erro de ortografia de verdade...

— Ainda bem! O que é, então?

— Um simples erro de impressão. O tipógrafo esqueceu uma letra.

— Titio também não gosta de erros de impressão.

— Mas eu não sou responsável pelos esquecimentos do tipógrafo!

— Não, mas não precisa falar tão alto.

Ela estava certa. Mas já era tarde demais...

dois

O caçador de erros de impressão

– O QUE FOI QUE EU OUVI? – exclamou tio Draculivro quando apareceu flutuando como um fantasma. – Um livro cheio de erros de ortografia? Me dê esse livro imediatamente, Odilon! Vou picá-lo em mil pedaços! Vou tirá-lo de circulação! Que vergonha!

– Ah, não...

Não era a primeira vez que tio Draculivro fazia isso comigo. Eu detestava quando ele me confiscava um livro, porque não podia chupá-lo até o fim.

– Eu bem que avisei – Carmilla soprou no meu ouvido, afastando-se com um sorrisinho nos lábios.

Tentei esconder o livro embaixo da minha camiseta. Esforço à toa.

– Odilon!

Eu me fiz de inocente para ganhar tempo.

– O quê?

– Me dê esse livro indigno. Você sabe muito bem que está proibido de chupar erros de ortografia. Eles vão furar o seu estômago e colocar uma sementinha ruim na sua cabeça.
– Mas, titio, são só erros de impressão...
– Erros de impressão? Era só o que faltava! São erros. E ponto final!

Fui obrigado a obedecer. Jurei a mim mesmo que seria mais discreto da próxima vez, para essa desgraça não acontecer de novo.

Draculivro foi se trancar na cripta que ele mesmo tinha construído no centro da cidade dos chupa-tintas. Era lá que ele morava, com seu caixão e suas lembranças.

Algumas semanas antes, o tio tinha ampliado a cripta, acrescentando uma sala grande nos fundos onde ninguém podia entrar. Para que ela servia? Talvez para guardar os livros contaminados por erros de ortografia, longe dos olhares dos outros. Com certeza, todos os livros que ele tinha confiscado de mim estavam lá!

Uma espécie de câmara da vergonha...

três

Na falta de coisa melhor...

Uma pergunta terrível me atormentava. Os erros de ortografia que eu chupava podiam mesmo me deixar doente? Eu não era um chupa-tinta muito experiente para esclarecer esse mistério sozinho.

Decidi perguntar para Vlad e Sylvania, os pais de Carmilla, e tirar essa história a limpo.

– Sabe, é mais ou menos como chocolate

– respondeu Vlad. – Se você comer demais, seu estômago reclama...

Não era a resposta que eu esperava.

– Mas eu não como um tablete inteiro de erros de ortografia! Só um ou outro, de vez em quando...

– Para ser sincera – confessou Sylvania –, não sabemos muita coisa sobre isso. Seria melhor consultar um médico.

– Você sabe muito bem que não existe nenhum médico na cidade dos chupa-tintas!

Vlad pigarreou.

– Por que você não faz uma visita ao doutor Freudkenstein?

– O que trata da cabeça?

– É. As pessoas contam todos os problemas que têm para ele. Talvez ele possa ajudar...

Vlad piscou para mim de um jeito meio estranho. Tive a desagradável impressão de que ele e Sylvania sabiam muito mais do que estavam dizendo.

Perguntei a Carmilla se queria ir comigo ao consultório do psiquiatra. Minha proposta não a entusiasmou.

– Não gosto do velho barbicha. Ele me dá arrepios.

– Ele é esquisito, é verdade. Mas não é tão mau. E, além do mais, quando você ficou doente, ele ajudou a gente a curá-la[1].

Ela pensou um pouco antes de tomar uma decisão.

– Está bem, eu vou com você – disse com um suspiro. – Mas só porque você pediu!

---

1. Ver *A pequena chupa-cores*.

quatro

Ortografobia

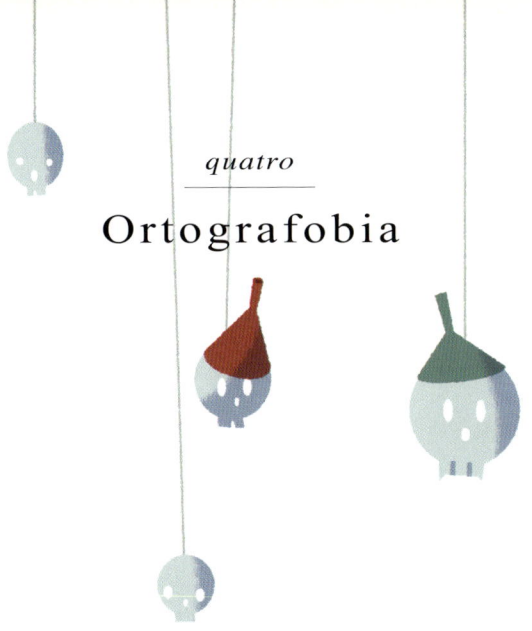

O DOUTOR FREUDKENSTEIN morava numa casa comprida, em forma de divã. A porta de vidro transparente não escondia nada. Seu caixão, todo forrado de capas de livros velhas, estava de pé, encostado na parede.

– Acredita mesmo que ele dorme nessa posição? – perguntei a Carmilla.

– Claro. Ele passa o dia inteiro ouvindo histórias de pacientes de fazer dormir em pé.

Quando toquei a campainha, eu estava apreensivo.

O médico abriu a porta com um sorriso enigmático, como se esperasse a nossa visita.
– Que bons ventos os trazem?
– Não foram os ventos que trouxeram a gente, e sim um erro de ortografia – respondi.
Freudkenstein nos convidou a entrar.
– Que história é essa? Conte tudo.
Eu me enchi de coragem e expliquei ao psiquiatra que Draculivro ficava furioso com a minha gula por erros de ortografia.

– Bom. Chegamos ao ponto...

Antes de prosseguir, ele lançou um olhar penetrante sobre mim e minha namorada. Palavra de honra, ele queria ler os nossos pensamentos!

– A ortografia levanta problemas há muito tempo. Mas não se deve exagerar. Um imbecil pode ser excelente em ditados. Em compensação, um gênio das artes ou das ciências é capaz de fazer um erro a cada duas palavras. No entanto, cometer um erro de ortografia, ou chupá-lo, nunca matou ninguém.

Fiquei aliviado. Eu não corria nenhum risco chupando meus errinhos de gramática. Mas, em seguida, ele acrescentou:

– Mas ser maníaco por ortografia pode ser perigoso.

Meu coração pulou dentro do peito. Não pude deixar de exclamar:

– Então, o tio Draculivro está em perigo!

– Temo que sim – admitiu o professor Freudkenstein. – Ele não suporta ver um erro de ortografia. Chamamos isso de ortografobia.

Por um momento, fiquei em estado de choque. Eu tinha a impressão de que o mundo estava de pernas para o ar e eu estava de cabeça para baixo...

– É grave, doutor? – perguntou Carmilla.

A fisionomia do professor Freudkenstein era fúnebre.

– A ortografobia que ataca Draculivro é uma doença incurável. Não só é impossível tratá-la, como ela ainda piora com o tempo.

Fiquei tão impressionado que não consegui dizer uma palavra. Estava com vontade de chorar.

– Isso significa que, um dia, ele vai achar os erros de ortografia tão insuportáveis que não conseguirá chupar nem um livro, por menor que seja – concluiu o psiquiatra.

– O que acontecerá, então? – perguntei, apavorado.

O doutor Freudkenstein me olhou; seus olhos tinham uma aura de piedade.

– Ele morrerá de sede...

cinco

Uma ideia terrível

FIQUEI ARRASADO. Carmilla não parecia tão chocada.

– O que vamos fazer? – perguntei baixinho.

Eu fiquei com voz de choro, e as lágrimas estavam a ponto de escorrer. Mas não queria me entregar. Não era a primeira catástrofe que desabava sobre nós.

– Você não ouviu o que o psiquiatra disse? Não podemos fazer nada, Odilon!

– O tio Draculivro é uma pessoa incrível.

Se não fosse por ele, eu não estaria aqui. Não aceito perdê-lo sem tentar fazer tudo o que for possível.

– Você é teimoso como uma mula! Acho melhor deixar o titio sossegado...

Eu estava louco para brigar com Carmilla. O conformismo dela me irritava.

– Eu devia ter desconfiado. Ele anda muito estranho. Você sabe para que serve a sala no fundo da cripta?

– Não. Talvez seja um quarto de hóspedes...

– Eu não estou brincando, Carmilla. E se ele estiver louco? E se quiser se isolar para que ninguém veja a sua piora?

– Eu acho que o titio construiu um abrigo anti-Odilon! Você sabe muito bem que ele detesta que se metam na vida dele.

Minha raiva subiu como um foguete no céu. Achei melhor me afastar de Carmilla. Eu tinha a impressão de que ela não estava

nem um pouco interessada com o que ia acontecer com Draculivro.

Quando fiquei sozinho, comecei a pensar. Mas os minutos passaram sem que nenhuma ideia brilhante me viesse à cabeça. Eu estava desesperado.

Finalmente, decidi fazer uma visita ao titio, com um pretexto qualquer, para tentar ajudá-lo. Eu podia apostar que ninguém tinha falado com o velho chupa-tinta sobre a sua ortografobia.

No caminho tive uma ideia – uma ideia terrível... Mas eu não tinha opção. Precisava arriscar.

Em frente à porta da cripta, simulei um sorriso feliz. Eu tinha uma vantagem sobre o tio Draculivro: ele não sabia que eu sabia...

Toquei a campainha. Eu tinha preparado um belo discurso sobre os erros de ortografia: "Seremos os melhores caçadores de erros de impressão do mundo. Prometo nunca mais chupar nenhum..." Eu apostava na sabedoria das minhas palavras para afastar as suspeitas do tio Draculivro...

seis

A câmara mortuária

Como ninguém veio abrir, girei a maçaneta. A porta não estava trancada. Entrei.

Depois que começou a ampliar a cripta, o velho chupa-tinta me proibiu de pôr os pés ali. O silêncio era impressionante.

Eu esperava encontrar um lugar impecável, sem um grão de poeira e nenhum objeto jogado. Encontrei exatamente o contrário. Bagunça para todo o lado, como se o titio tivesse sido assaltado.

Empurrei os rolos de papel de parede, os retalhos de tecido e as latas de tinta jogados pelo chão e abri caminho até a câmara mortuária. Eu estava decidido a saqueá-la, com a esperança de que o choque detivesse a doença do titio.

Para minha surpresa, ela não era protegida por uma porta maciça, e sim por uma simples cortina de veludo vermelho. Fácil demais.

Um arrepio gelado desceu pela minha nuca. Do que eu tinha medo? De tudo! Do

desconhecido, do que podia acontecer comigo, do que eu ia encontrar. Esperei minha respiração se acalmar, depois abri a cortina devagar...

Não havia janelas, o lugar estava na mais total escuridão.

Desisti de me aventurar no escuro e voltei para pegar...

– Uma vela! É isso que você está procurando? – perguntou uma voz grossa bem atrás de mim.

Eu me virei de repente. Tio Draculivro estava ali, com um castiçal de três braços na mão. A raiva deformava o seu rosto cinzento.

— Tio, eu posso explicar...

— É inútil. Já compreendi tudo. Você veio revistar a minha casa porque...

Fechei os olhos. Esperava levar a maior bronca, talvez até umas palmadas. No entanto...

— ... está preocupado comigo. Disseram que eu sofro de ortografobia e você acreditou. Mas não é nada disso.

Entreabri as pálpebras e vi o velho chupa-tinta sorrindo e me estendendo a mão.

— Venha comigo. Vamos acabar com esse terrível segredo...

sete

Por amor aos erros...

DEI DE CARA com uma sala incrível, que não se parecia em nada com uma câmara mortuária.

– Mas, tio, você mentiu para todo mundo!

– Fui obrigado, Odilon. Estava meio envergonhado.

As paredes estavam cobertas de erros de ortografia sublinhados em vermelho. Nas prateleiras, havia pastas cheias de folhas arrancadas de livros. Pequenos cartazes em forma de seta estavam espalhados por todo o lado, cada um com uma coisa escrita: pequenos erros de impressão, erros de concordância, erros de tempo verbal, erros de pontuação, erros de gramática, erros enormes de impressão... E havia ainda uns vinte caixões novinhos em folha espalhados pela sala, em grupos de dois ou três, como mesas de bar.

– Se entendi bem, titio, você é como eu: gosta de erros de ortografia.

– Não. Na verdade, eu adoro. Não posso viver sem eles.

Tio Draculivro tinha escondido muito bem o jogo. Todos os livros que tinha confiscado de mim estavam ali. Fiquei um pouco magoado. Ele tinha mentido para mim. Mas que alívio! Ele não tinha ortografobia!

– Por que todo esse mistério?

– Não queria que ninguém risse de mim. Os chupa-tintas aprendem desde pequenos que a ortografia é sagrada. Eu me aproveitei dessa crença para confiscar todos os erros que vocês encontravam. Eu coleciono erros!

Havia milhares deles na sala!

– Mas o que vai fazer com eles, tio?

– Não quero mais ficar sozinho no meu canto. Quero compartilhar com os outros a minha paixão pelos erros de ortografia. No início, ampliei a minha cripta para montar um museu com os mais belos erros de impressão. Mas admirá-los sem poder saboreá-los seria muito chato. Então, decidi abrir um bar.

— Um bar?

— É, um lugar para degustar erros de ortografia e erros de impressão! Ele está bem na sua frente e vai abrir hoje.

Em cima da porta de entrada havia uma faixa grande que eu não tinha visto. Nela estava escrito: OS MIL E UNS ERRUS.

— E Carmilla sabe disso?

— Claro, mas prometi guardar segredo. Odilon, meu amor! — exclamou a pequena chupa-tinta do meu coração, que estava escondida num dos caixões do bar. — Senão, eu teria ficado tão preocupada quanto você. Dei palpites na decoração e vou ajudar o titio a servir os clientes.

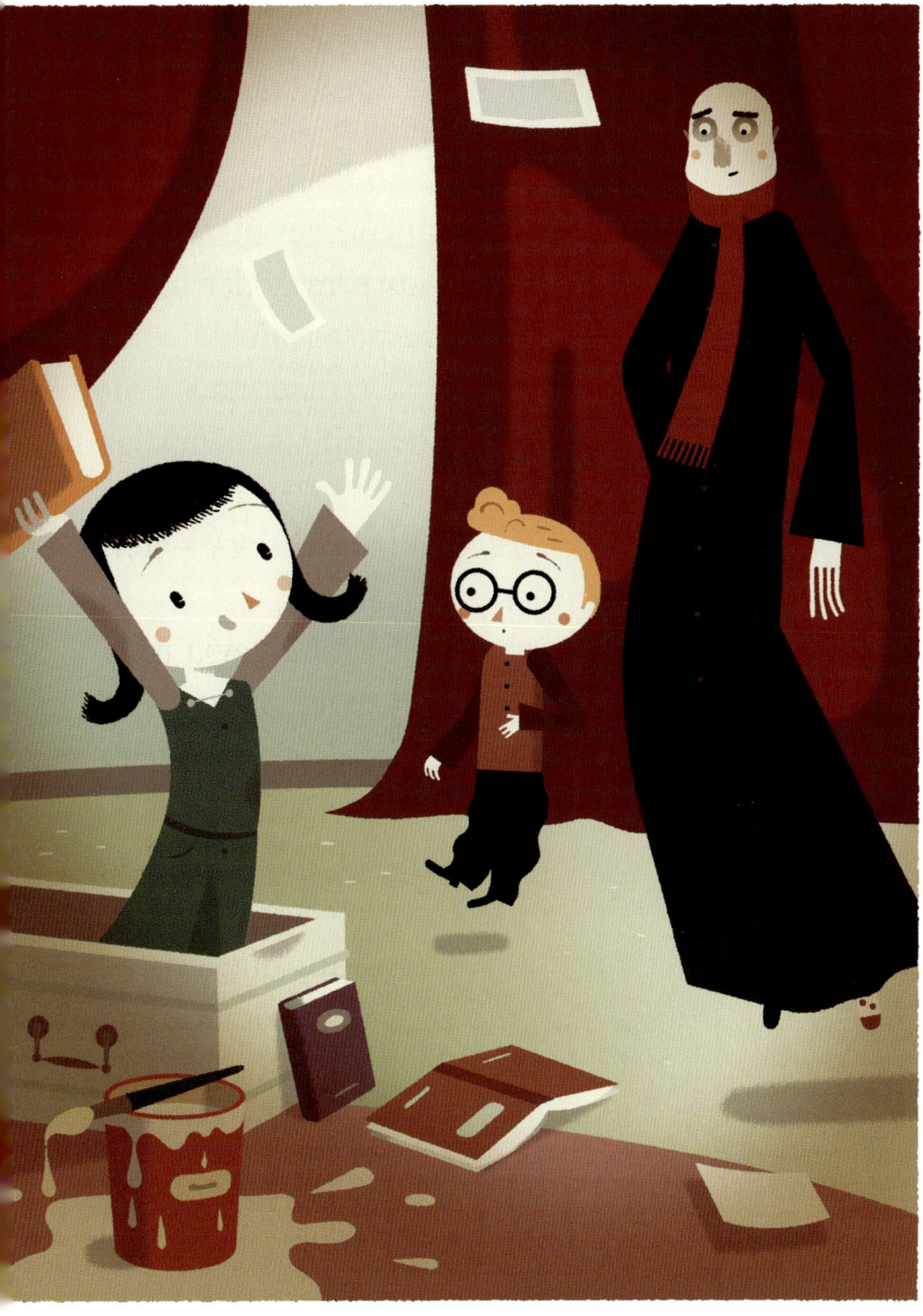

– Não fique bravo, Odilon – acrescentou Draculivro. – Eu fiz Carmilla jurar que não diria nada a ninguém, nem mesmo a você. Eu queria fazer uma surpresa. Não tinha previsto essa história de ortografobia...

Não fiquei zangado. Sem dizer nada, entrei num caixão cheio de almofadas macias e cruzei os braços.

– Ficou chateado, Odilon querido? – perguntou Carmilla.

– De jeito nenhum. Só vou corrigir uma injustiça. Já que fui o último a saber, quero ser o primeiro cliente. Então, vou pedir um erro grande de gramática gratinado e, como acompanhamento, alguns errinhos de ortografia. E rápido!

Os Mil e Uns Erros

Sumário

um
Que belo erru!................................... 5

dois
O caçador de erros de impressão..... 9

três
Na falta de coisa melhor............... 15

quatro
Ortografobia................................ 19

cinco
Uma ideia terrível......................... 25

seis
A câmara mortuária...................... 31

sete
Por amor aos erros............... 37

Éric Sanvoisin

Éric Sanvoisin é um autor estranho: ele adora chupar tinta de livro com canudo. Por isso teve a ideia de escrever as histórias de Draculivro, Odilon e Carmilla... Ele acredita que quem ler este livro se tornará seu irmão de tinta, assim como existem os irmãos de sangue.
Se quiser saber mais, acesse o blog: sanvoisin.over-blog.com.

Olivier Latyk

Nosso ilustrador pede desculpas, mas está totalmente impossibilitado de escrever sua biografia. Perseguido por um vampiro contrariado, ele se escondeu no Alasca com quatro guarda-costas (que também são seus amigos).
Segundo as últimas notícias, ele continua criando imagens sem tremer muito.

1ª edição maio de 2011 | **Diagramação** Patrícia De Michelis /Casa de Ideias
Fonte Times | **Papel** Couché 115g | **Impressão e acabamento** Corprint